Ensaio sobre o dia exitoso

PETER HANDKE

Ensaio sobre o dia exitoso
Sonho de um dia de inverno

TRADUÇÃO
SIMONE HOMEM DE MELLO

Estação Liberdade

Título original: *Versuch über den geglückten Tag*
© Suhrkamp Verlag Frankfurt am Main, 1991
Todos os direitos reservados e controlados pela Suhrkamp Verlag, Berlim
© Editora Estação Liberdade, 2020, para esta tradução

PREPARAÇÃO Editora Estação Liberdade
REVISÃO Gabriel Joppert
SUPERVISÃO EDITORIAL Letícia Howes
ILUSTRAÇÃO DA CAPA Amina Handke
EDIÇÃO DE ARTE Miguel Simon
EDITOR RESPONSÁVEL Angel Bojadsen

CIP-BRASIL. CATALOGAÇÃO NA PUBLICAÇÃO
SINDICATO NACIONAL DOS EDITORES DE LIVROS, RJ

H211e

Handke, Peter, 1942-
 Ensaio sobre o dia exitoso : sonho de um dia de inverno / Peter Handke ; tradução Simone Homem de Mello. - 1. ed. - São Paulo : Estação Liberdade, 2020.
 72 p. ; 19 cm.

 Tradução de : Versuch über den geglückten tag
 ISBN 978-65-86068-20-7

 1. Ficção austríaca. I. Mello, Simone Homem de. II. Título.

20-66942   CDD: 833
                   CDU: 82-3(436)

Camila Donis Hartmann - Bibliotecária - CRB-7/6472
07/10/2020   09/10/2020

Todos os direitos reservados à Editora Estação Liberdade. Nenhuma parte da obra pode ser reproduzida, adaptada, multiplicada ou divulgada de nenhuma forma (em particular por meios de reprografia ou processos digitais) sem autorização expressa da editora, e em virtude da legislação em vigor.

Esta publicação segue as normas do Acordo Ortográfico da Língua Portuguesa, Decreto nº 6.583, de 29 de setembro de 2008.

EDITORA ESTAÇÃO LIBERDADE LTDA.
Rua Dona Elisa, 116 | Barra Funda
01155-030 São Paulo – SP | Tel.: (11) 3660 3180
www.estacaoliberdade.com.br

Ὁ φρονῶν τὴν ἡμέραν κυρίῳ φρονεῖ
*Aquele que distingue os dias,
é para o Senhor que os distingue.*

(Epístola aos Romanos, 14,6)

*Dia de inverno:
Sobre o cavalo congela a sombra.*

(Bashô)

Um autorretrato do pintor William Hogarth com uma paleta, em Londres, um instante do século XVIII; sobre ela, dividindo-a mais ou menos ao meio, uma linha levemente sinuosa, a chamada "*line of beauty and grace*". E uma pedra da margem do lago Constança, plana e arredondada, sobre a escrivaninha; em diagonal sobre o granito escuro, numa discreta curvatura como que lúdica, desviando da linha reta no momento certo, um veio branco-cal a dividir e manter unidas as duas metades do cascalho. E no trajeto daquele trem de subúrbio entre as colinas do Sena a oeste de Paris, naquela hora da tarde em que a luz e o ar frescos de certos inícios de manhã costumam se exaurir, em que nada mais é natural e só mesmo o anoitecer, quem sabe, ajude a sair do sufoco do dia, aquele bifurcar repentino dos feixes de trilhos em um arco amplo, estranho, de causar espanto, bem lá no alto, sobre a cidade a se estender livre e inusitadamente pelo vale fluvial afora, mais ou menos ali na altura de St. Cloud e Suresnes, com seus pontos mais conhecidos se empilhando de modo tão desvairado quanto real; e com que curva imprevista o decorrer do dia, em um átimo de transição entre a fixidez e o tremular dos cílios, tomou novo rumo para fora do acuamento e aquela ideia já quase descartada do "dia exitoso" retornou, acompanhada do impulso de se tentar mais uma descrição, ou enumeração ou narração dos elementos e problemas de um dia assim. A "linha de beleza e graça" sobre a paleta de Hogarth parece abrir de fato o caminho entre as massas amorfas de cores, parece se sulcar entre elas e, ao mesmo tempo, é como se lançasse uma sombra.

Quem já viveu um dia exitoso? Dizer que sim, provavelmente a maioria diria. E então será necessário continuar indagando. Você quer dizer "exitoso" ou simplesmente "bonito"? Você está falando de um dia "exitoso" ou — tem razão, algo tão raro quanto — "despreocupado"? Já seria exitoso, para você, um dia que tenha transcorrido sem problemas? Você vê alguma diferença entre um dia ditoso e um dia exitoso? Para você faz alguma diferença falar com auxílio da memória sobre esse e aquele dia exitoso ou falar deste dia justo agora, imediatamente depois de transcorrido, sem a metamorfose que ocorre no meio-tempo, na exata noite deste mesmo dia, de modo que então o adjetivo a qualificá-lo não possa ser "cumprido" ou "sobrevivido", mas tão somente "exitoso"? Então para você o dia exitoso é completamente diferente de um descontraído, de um dia de sorte, de um pleno, de um dia ativo, de um suportado, de um transfigurado desde um passado remoto — basta uma única coisa para o dia inteiro pairar em glória —, ou então qualquer Grande Dia para a ciência, para a sua pátria, para o nosso povo, para os povos da Terra, para a humanidade? (A propósito: Olhe — levante os olhos —, o contorno do pássaro lá em cima da árvore; aliás, nas cartas de Paulo, o verbo grego "ler", a se traduzir literalmente como "levantar os olhos", seria justamente um "perceber *para-o-alto!*", um "reconhecer *para-o-alto!*", uma expressão que, mesmo sem forma imperativa específica, já soa como uma intimação ou um apelo; e ainda aqueles colibris das florestas sul-americanas que, ao abandonarem sua árvore de refúgio, como se para enganarem a ave de rapina, imitam com o voo a oscilação de uma folha caindo...) — Não, para mim o dia exitoso não é como todos os outros; ele me *diz* mais. O dia exitoso é mais. É mais que "pertinente", como pode ser uma observação, mais que "acertado", como um lance de xadrez (ou todo um jogo), mais que "proveitoso", como uma primeira escalada de inverno, algo bem diferente de uma fuga "bem-sucedida", de uma operação "bem-sucedida", de uma relação "bem-sucedida" ou qualquer outra coisa "bem-sucedida", e também independe de uma pincelada ou de uma frase "certeira", não tem sequer a ver com aquele poema que, depois de se esperar toda uma vida, acaba "dando certo" dentro de uma única hora! O dia exitoso é incomparável. Ele é singular.

Será que o fato de o êxito de um único dia poder se tornar um tema (ou motivo) tem a ver com a nossa época em particular? Lembre-se de que, antigamente, o que tinha repercussão era a crença no "instante" que, se realmente capturado, podia responder de fato por "toda a grande vida". Crença? Imaginação? Ideia? Seja como for, o que vigorava no passado — fosse ao se pastorearem ovelhas nos montes Pindo, ao se passear sob a acrópole de Atenas ou ao se erguerem muros nos campos sobre os platôs pedregosos da Arcádia — era justamente algo como o deus de um átomo de tempo, de um instante exitoso assim, um deus do qual, ao contrário do que se sucede com as demais divindades gregas, não se fazia nem imagem, nem história: o próprio momento divino é que gerava uma imagem sempre nova de si e, ao mesmo tempo, esse "*kairós*" narrava-se a si mesmo como uma história, agora, agora e agora; e, na época, aquele deus do instante era mais poderoso do que todas as figuras divinas a se manterem aparentemente constantes ao longo do tempo — sempre presente, sempre aqui, sempre em vigor. Por fim, esse seu deus do "Agora!" (*e* dos olhos que se encontraram, *e* do céu que — há pouco ainda amorfo — assumiu uma forma, *e* do seixo que, logo que lavado, revelou o seu jogo de cores, *e*, *e*) também foi desapoderado (será mesmo? como saber?) pela crença subsequente numa nova criação — desta vez, não mais imaginação nem ideia, mas sim crença "provocada pelo amor" — como se os instantes e os tempos fossem preenchidos pelo tornar-se terreno, morrer e ressuscitar do filho de Deus, e com isso uma crença na eternidade; uma "boa nova" da qual seus próprios núncios diziam, por um lado, que não mais corresponderia à medida humana, e, por outro, que, para os que nela acreditassem, os éons ou justamente as eternidades da religião, para além dos meros instantes da filosofia, teriam êxito. Depois de destituídos tanto o deus do instante quanto o da eternidade, mesmo sem que tenha havido qualquer esforço no sentido de invalidá-los, veio o período de um terceiro poder, do puro aquém, abertamente profano, e aqui — e eu com isso, seus helenos, com seu culto a Kairós? e eu com sua felicidade celestial, seus cristãos e muçulmanos? — se apostava em algo intermediário, no êxito do meu respectivo estar-aqui, justamente no único tempo de vida exitoso. Crença? Sonho? Visão? Pelo menos na origem desse período, antes de mais nada uma visão: a dos que se desencantaram com qualquer conceito de crença que fosse; uma espécie de teimosia em sonhar de olhos abertos. Já que, para além de mim, nada mais é pensável, vou fazer da minha vida o que for possível. E então a época desse terceiro poder em palavra e ação foi uma dos superlativos, dos trabalhos de Hércules, dos movimentos mundiais. "Foi?" Quer dizer que já passou da época? Não, a ideia de uma vida inteira se tornar exitosa por meio da ação ainda vigora e permanecerá profícua. Só que, nesse meio-tempo, parece não ter restado quase mais nada a se dizer sobre isso, e as epopeias e os romances de aventura dos pioneiros, que abraçavam resolutos aquele sonho inaugural de um ato de vida, já foram narrados e compõem o modelo para as vidas exitosas de hoje — toda vez uma variação da conhecida fórmula: "plantar uma árvore, ter um filho, escrever um livro" — e dignas de serem narradas em tudo isso seriam no máximo pequenas variantes ou glosas insólitas, assim de passagem, *en passant*, por exemplo a daquele jovem que acabara de fazer trinta anos, casado com uma mulher que ele tinha certeza que continuaria amando até o fim, professor numa pequena escola de subúrbio, para cujo jornal mensal ocasionalmente escrevia recomendações de teatro e de cinema, sem qualquer intenção voltada para um futuro (árvore nenhuma, livro nenhum, filho nenhum) e que, não só agora que completara seus trinta anos, mas já nos últimos aniversários, conforme dissera inopinadamente aos seus conhecidos com um lampejo solene nos olhos, tinha certeza de que sua vida tinha dado certo (mais insólita ainda, francamente, a frase no original francês, "*j'ai réussi ma vie*" — "eu logrei a minha vida"? "Dei conta"?). Será que a visão epocal da vida exitosa ainda tinha efeito sobre esse contemporâneo? Ou isso já era mais uma crença? Faz bastante tempo que essa frase foi dita, mas imaginando agora, não importa o que tenha acontecido com o homem desde então, o visitante voltaria a receber à sua pergunta a mais óbvia reiteração. Portanto, crença. Mas qual? — O que terá sido daquela jovem "vida exitosa"?

Por acaso você está insinuando que o chamado dia exitoso, ao contrário da vida exitosa, pode render hoje mais do que meras glosas ou *postscripta* ou farsas? Trata-se de algo tão diferente daquele mote dos tempos áureos de Roma, daquele *carpe diem*, que agora, depois de dois mil anos, poderia igualmente servir como marca de vinho, frase para camiseta ou nome de clube noturno? (Aqui, de novo, depende de como você traduzir: "Aproveite o dia", como o entendeu o século das ações —? "Colha o dia" — algo que o torna um instante único, grande, oportuno —? Ou "deixe o dia frutificar" — o que, de repente, faz o velho ditado de

Horácio parecer realmente próximo do meu problema do Hoje —?) E o que é, afinal, o dia exitoso? Pois até agora você só tentou esclarecer o que ele não é. E com suas constantes digressões, com seus desvios e suas prolixidades, com seu eterno hesitar, com essas interrupções imediatas diante do menor impulso de início, com seus eternos recomeços, onde é que fica aquela linha de beleza e graça que, como já se deu a entender, designa o dia exitoso e, como depois se asseverou, deveria nortear este ensaio? Quando é que — em vez dos indecisos zigue-zagues por essas periferias afora, em vez do demarcar titubeante de uma coisa que parecerá ainda mais vazia — você finalmente vai introduzir, frase a frase, aquele corte tão-leve-quanto-incisivo através de todo esse dédalo, *in medias res*, a fim de que o seu obscuro "dia exitoso" possa começar a se clarear até a generalidade de uma forma? Como é que você imagina um dia assim? Esboce para mim uma primeira imagem, descreva-me imagens disso! Narre o dia exitoso. Deixe a dança do dia exitoso se fazer sentir. Cante-me a canção do dia exitoso!

De fato, existe, sim, uma canção que poderia ter esse título. Quem a canta é Van Morrison, "meu cantor" (ou um deles), mas na verdade ela tem outro nome, o de uma pequena localidade americana no mais insignificante, e narra, sim, imagens de um passeio de carro num domingo — um dia da semana no qual o êxito do dia parece ser ainda mais difícil que nos demais —, a dois, com uma mulher, na primeira pessoa do plural (na qual o êxito do dia é um acontecimento ainda maior do que a sós): pescar nas montanhas, prosseguir, comprar o jornal de domingo, prosseguir, parar para comer, prosseguir, o reflexo do seu cabelo, a chegada à noite, e o último verso mais ou menos assim: "Por que todo dia não pode ser como este?" É uma canção bem breve, talvez a balada mais breve que exista, com duração de no máximo um minuto, e quem a canta já é quase um homem de idade, com as suas últimas mechas de cabelo, e sobre aquele dia se narra mais falando do que cantando, ou seja, sem canto, sem som, sem tom, um murmúrio como que de passagem, mas de dentro de um peito fortemente expandido, interrompendo-se de repente no momento da maior expansão possível.

E talvez hoje a linha da beleza e da graça — será que haveria outra tradução para *grace*? — nem possa mais fazer aquela curva levemente sinuosa como no século XVIII de Hogarth, um século que se compreendia, pelo menos na rica e autônoma Inglaterra, como a plenitude terrena dos tempos. Será que não faz jus a nós-outros agora que uma configuração dessas sempre volte a se romper, caia no gaguejo, no balbucio, na mudez e no silêncio, recomece, tome atalhos — e mesmo assim, como desde todo o sempre, aponte para uma unidade e para um todo? Assim como também faz jus a nós, agora no final do século XX, que não vigorem tanto as ideias de uma eternidade qualquer ou de uma vida-inteira exitosa, mas sim as de um único dia exitoso, não apenas no sentido de "o agora é agora" e menos ainda no sentido de "simplesmente viver dia adentro!", mas antes na esperança — não, no anseio — não, na necessidade — de também intuir, por meio da investigação dos elementos deste espaço-tempo, o padrão de um espaço-tempo maior, ainda maior, o maior possível?; pois após todas as ideias anteriores de tempo terem evaporado, o meu viver pelo viver agora, de um dia para o outro, sem prescrições (e seja tão somente a respeito do que se deva *deixar* acontecer em prol da vida), sem conexão (com você, com este passante), sem a menor certeza (de que o momento de alegria de hoje volte a se repetir amanhã ou algum dia), uma coisa que na juventude era suportável e às vezes até mesmo acompanhada de (guiada por) despreocupação, agora se reverte com frequência cada vez maior em aflição e, com o passar dos anos, em indignação. E como esta, ao contrário do que ocorria na juventude, não consegue se voltar contra os céus, nem contra as atuais circunstâncias terrenas, nem contra um terceiro qualquer, acabo ficando indignado comigo mesmo. Maldição, por que não nos vejo mais juntos? Maldição, por que é que — às três horas da tarde — o bater intermitente do trem nos trilhos, a luz no desfiladeiro, o seu rosto já não me parecem mais o acontecimento que (algo também válido para o mais remoto futuro) ainda eram hoje de manhã? Maldição, por que — ao contrário da imagem conhecida do envelhecer — estou conseguindo menos do que nunca reter, apreender e honrar os instantes do dia e da vida? Maldição, por que estou — no sentido literal da palavra — tão disperso? Maldição, esconjuro, maldição. (Olhe, a propósito, ali na casa de frontão, secando lá fora no batente da janela do sótão, os tênis daquele filho adolescente do vizinho que vimos ontem à noite sob os holofotes da praça do subúrbio, puxando a costura da camiseta enquanto corria e esperava a bola ser lançada para ele.)

Então, o que vigora para você e para agora — como quarto poder após as ideias do instante exitoso e da vida exitosa, eterna ou única — é a ideia do dia exitoso? E por acaso você está se sentindo obrigado a atribuir ao dia exitoso um aroma que não se dissipe, mas que — não importa o que venha a acontecer com você amanhã — se preserve desta ou daquela forma? E agora chega o momento de indagar de novo: como é que você imagina, em detalhe, um dia assim exitoso?

Não tenho nenhuma imagem particular do dia exitoso, nem uma única. É só uma ideia, e quase me desespero ao tentar trazer para dentro da imagem algum contorno reconhecível, fazer transparecer o padrão, delinear o rastro de luz original — narrar pura e simplesmente sobre o meu dia, como eu ansiava desde o início. Em se tratando apenas de uma ideia, a narração só pode ser sobre essa mesma ideia. "Eu gostaria de contar uma ideia para você." Mas uma ideia — como torná-la narrável? O que ocorreu foi um tranco (sempre volto a ser recriminado pela "feiura" dessa palavra, mas mais uma vez ela não é substituível por nenhuma outra). Algo clareou? Expandiu? Interferiu em mim? Vibrou? Soprou morno? Luziu? Voltou a se tornar dia no fim do dia? Não, a ideia, ela se indispôs contra o meu anseio de narrar. Não me apresentou nenhuma imagem como escapatória. Todavia era corpórea, mais corpórea que uma imagem ou algo imaginado jamais o foram, todos os sentidos dispersos do corpo agora agregados em energia. Ideia queria dizer: não havia imagem, só luz. Isso, aquela ideia não era um regresso a dias bem vividos da infância, mas iluminava previamente o futuro. Se narrável, só mesmo no futuro, como narrativa do futuro, por exemplo: "No dia exitoso, voltará a se fazer dia no meio do dia. Vou sofrer um tranco, e duplo: para além de mim e para dentro, para bem dentro de mim. No final do dia exitoso, terei o topete de dizer que hei de ter vivido como se deve — um topete que será a contraparte da minha insígnia inata." É, não era sobre os dias da infância, os antigos, que versava essa ideia, mas sobre um dia de adulto, ainda por vir, e a ideia era realmente uma ação, ela agia — interferia — para além do simples futuro, na forma modal do dever, na qual a canção de Van Morrison se traduziria assim: "No dia exitoso, as montanhas Catskill deverão ser as montanhas Catskill, a curva para o posto de parada deverá ser ser a curva para o posto de parada, o jornal de domingo deverá ser o jornal de domingo, o anoitecer deverá ser o anoitecer, o seu brilho ao meu lado deverá..." Só que: como criar algo assim? Será que a minha própria dança seria suficiente ou, em vez de "graça", "graciosidade" para *grace*, também deveria constar "mercê"? E o que mostra que, quando aquela ideia do dia exitoso se "pré-*rastreou*" em mim pela primeira vez, não foi apenas uma breve hora, mas um período inteiro de quase-desespero? (Ou, em vez de "pré-rastrear", deveria constar "assombrar como um fantasma"? ou "fogo-fátuo"?)

A fera chamada "perda da fala" havia se esquivado de um silêncio. Em plena luz do dia retornou o sonho do ninho de palha caído no chão, e dentro dele, piando, o filhote nu. As fagulhas de mica faiscavam no granito da calçada a olhos vistos. E a recordação do afeto com que sua mãe, certo dia, deu a ele o pouco dinheiro que tinha para uma nova pulseira de relógio, e a recordação do dizer "Deus ama a quem dá com alegria". A asa com que o melro, lá longe na aleia, raspou na sebe durante o voo também passou de raspão por ele. Sobre a plataforma de asfalto da estação de subúrbio Issy-Plaine, revelava-se, firme e esbranquiçado depois de seco, o padrão de mil solas de sapatos diferentes se entrecortando na fina película da chuva de ontem. Ao passar pela criança desconhecida, delineou-se nele o redemoinho do cabelo dela. A torre da igreja de St.-Germain--des-Prés, *vis-à-vis* aos cafés, à livraria, ao cinema, ao salão de beleza, à farmácia, estava ali, apartada, em um dia tão outro, deslocada-deslocando a "data corrente" e seus respectivos humores. O medo de morte na noite passada foi o que foi. A vitrine estilhaçada era o que era. As agitações do lado de lá do Cáucaso eram o que eram. A minha mão e o quadril dela, eles eram. Era o calor das cores ocres do caminho ao longo da estrada de ferro rumo a Versalhes. O sonho do livro abrangente, permeável a tudo, há muito desaparecido do mapa, sonhado até o fim há muito, de repente aqui outra vez, ou "de novo"? aqui, no mundo diurno, e aqui, e aqui — só precisava ser registrado em escrita. Uma mongoloide, ou santa, corria com uma mochila, em êxtase ou de medo, sobre a faixa de pedestres. E no bar de outra estação de subúrbio restava um único freguês na noite desse dia; enquanto o dono enxugava os copos, o gato do estabelecimento brincava com uma bola de bilhar entre as mesas, as sombras denteadas das últimas folhas do plátano dançavam na vidraça empoeirada e o usual "piscar" dos trens iluminados atrás da folhagem lá em cima no aterro da estrada de ferro reclamava por outra palavra — como se, com a descoberta de uma única palavra que se aproximasse mais da coisa, todo este dia pudesse ter êxito, no sentido de: "tudo o que se revela (traduzindo para nossa língua mundana de hoje: toda forma) é uma luz".

Sim e aqui, no nosso ensaio sobre o dia exitoso, finalmente acabou de se imiscuir, sem qualquer consideração pela coerência e pelo instante oportuno, uma terceira voz — escura, fraca de imagem, assim aos-trancos-e-tropeços, uma voz narradora, vinda de baixo, por assim dizer, do mato rasteiro, da margem. — Finalmente? Ou infelizmente? Em detrimento do ensaio?

Por sorte ou em detrimento: aqui mais caberia um "infelizmente", pelo menos por enquanto; no mais, agora se faz necessária uma recaída na minuciosidade. A canção de Van Morrison conta de um dia exitoso, ou apenas de um dia ditoso? Afinal, cumpre que o dia exitoso seja arriscado, repleto de obstáculos, estreitos, ciladas, desarrimos, desaprumos, comparável aos dias de Odisseu durante seu retorno errante para casa; e, no término da narrativa desse dia, cumpre haver uma celebração à noite, com banquetes e bebidas, além da ascensão "divina" à cama de uma mulher. Só que os perigos do meu dia de hoje não são nem as pedras arremessadas pelo gigante, nem outras coisas conhecidas; perigoso para mim é o próprio dia. Na verdade, sempre foi assim, sobretudo nas épocas e regiões do mundo onde as guerras e outras ameaças pareciam longínquas (quantos diários de épocas áureas, por assim dizer, começam de manhã com resoluções para aquele dia específico e terminam à noite, em regra constatando o seu fracasso) — mas antes, quando é que o dia, nada mais que este dia meu, seu, nosso, teria sido tratado como um caso, digno de tons proverbiais? E será que, num futuro talvez ainda mais áureo, o problema do dia poderia se tornar mais atual e agudo? Deixando de lado as "exigências do dia", seus deveres, suas lutas, seus jogos: será que os dias em si, os dias livres, com seus respectivos instantes apreensíveis como possibilidade, acabaram se tornando, pelo menos para nós-outros aqui-agora, nas nossas latitudes relativamente pacíficas, um desafio, um possível amigo, um possível inimigo, um jogo de azar? E para o triunfo, a vitória, a proficuidade de uma aventura dessas, de tal duelo, desta simples disputa entre você e o dia, acaba sendo contraindicado o auxílio de um terceiro elemento, seja ele um trabalho, sejam os mais belos passatempos, e até mesmo a viagem de carro um tanto trôpega de Van Morrison — sim, pode até ser que uma iniciativa como "uma breve caminhada", por exemplo, já seja incompatível com o dia a se tornar exitoso — como se este já fosse por si só a empreitada a ser cumprida (executada, levada a cabo) por mim, de preferência de imediato, comigo apenas deitado, sentado, em pé e no máximo andando daqui para lá, ocioso em tudo, a não ser no olhar e no ouvir, ou talvez só no respirar, mas tudo isso sem querer — sem o aporte da vontade, bem como em todos os outros passos da vida num dia como esses — como se justo o que houvesse de mais absolutamente involuntário fosse decisivo para o seu êxito. E disso acabaria surgindo, de fato, uma dança?

E agora se podem esboçar duas versões completamente diferentes dessa aventura de cada pessoa com o seu dia.

Numa delas já é possível, no momento do despertar, descartar aqueles sonhos que sejam mero lastro ou desvio de trilha e levar consigo somente os que tenham um peso capaz de desacelerar o transcorrer do dia e de se sustentar em meio ao tumulto do mundo; no ar da manhã, os diversos continentes se fundem: já em suas primeiras gotas, a chuva crepita na folhagem de um arbusto na Terra do Fogo; a luz alheia da tarde acaba sendo desenfeitiçada, de um momento para o outro, pelo reconhecimento de uma miragem simulada dentro de você, para você; e na sequência, também faz parte do êxito do dia deixar que anoiteça pura e simplesmente, com olhos atentos até para a penumbra, e depois poder narrar algo inesgotável sobre o seu dia, apesar de nada ter acontecido. Ah, o instante em que finalmente não havia nada, a não ser o homem idoso com avental azul no jardim! E a versão contrária? Tinha que ser breve — mais ou menos assim, digamos: Já paralisado pelo amanhecer, um lastro de desventura — cujo barco, com o nome "aventura do dia", já tinha virado no instante da vazante — segue nas águas da manhã à deriva, sem chegar à tona da consciência, nem sequer no silêncio do meio-dia e, no fim (sem falar do meio-tempo), justo no ponto em que nosso herói deveria ter partido, já "nas primeiras horas do alvorecer de Deus-nosso-Senhor", acaba atolando na noite — e também não existem palavras e imagens que transmitam o fracasso do dia, a não ser alegorias insípidas e desgastadas como estas últimas.

Para que um dia possa ser considerado exitoso por você, parece que todo instante conta, desde o despertar até o adormecer, e de tal modo que cada um deles represente uma prova (perigo) a se vencer. Não é de chamar a atenção que, para a maioria das outras pessoas, um único momento já conte, em regra, como dia exitoso (e que a noção que você faz disso, diferente da usual, tenha algo de prepotente)? "No raiar do dia, eu estava em pé ali na janela, quando um passarinho cruzou em disparada, lançando um som como que destinado a mim — e aquele já foi um dia exitoso" (Narrador A). — "O dia de hoje teve êxito no momento em que você, ao telefone, mesmo pretendendo apenas prosseguir a leitura do livro, acabou transferindo para mim o desejo de viajar presente na sua voz" (Narrador B). — "Para poder afirmar que o dia teve êxito, nunca precisei de um instante especial — para mim bastava, ao acordar, algo como um mero respiro, um sopro, *un souffle*" (um terceiro Narrador). E não é de chamar atenção o fato de que, em geral, o êxito do dia já parece estar decidido antes mesmo de este ter começado de fato?

Não deixemos que o instante avulso, por mais grandioso que seja, passe a valer pelo dia exitoso, pelo menos aqui! (Vamos deixar valer somente o dia inteiro.) Os momentos aqui mencionados, sobretudo os primeiros, aqueles de plena consciência após o sono noturno, são — contudo — os que devem dar a deixa ou dar o tom para a linha da beleza e da graça. Do mesmo modo como for definido o primeiro ponto para o dia, deve-se prosseguir em um amplo arco, ponto a ponto. No som que ausculto, já se revela para mim a tonalidade de toda a viagem do dia. O tom não requer sonoridade, pode ser qualquer um, um mero ruído até; o principal é que eu tenha êxito em me tornar todo ouvidos para ele. O tilintar dos botões da camisa que você puxou da cadeira hoje de manhã, não teria ele algo desse diapasão do dia? Sim, e ontem de manhã, quando eu — em vez de cego e aéreo, muito pelo contrário, com toda cautela, de olhos abertos — fiquei tateando até achar a primeira coisa, será que ali não teria soado um ritmo no qual pudessem ter sido apreendidas as coisas que se seguiram ao longo do dia? E toda vez sentir a água ou o vento da nova manhã no rosto — ou será que aqui, em vez de "sentir", deveria constar "aperceber-se" ou simplesmente "perceber"? —, nos olhos, nas têmporas, nos punhos das duas mãos. Será que isso já não poderia ter me afinado para acompanhar os futuros elementos do dia, para eu me deixar absorver por eles, para eu permitir que eles tenham algum efeito sobre mim? (Resposta adiada por ora.) Um instante tão exitoso assim: provisão para o caminho? impulso? — fortalecimento, com (e isso permanece) a mente, como sopro, para a continuidade deste dia específico; afinal, um momento desses dá força, de modo que a narração do próximo instante poderia começar com (mais uma tradução literal de "instante", extraída de outra carta de Paulo) "e num *lance* de olho": Em um lance do olho o céu teria azulado, e no próximo lance do olho, o verde do capim teria se tornado um verdejar, e... Quem já viveu um dia exitoso? Mas quem é que já viveu um dia exitoso? E, além disso, o empenho, o impulso de delinear aquela linha!

Do cachorro que latia mantendo-se invisível, o vapor da respiração se inflava em nuvens através das frestas da cerca. As poucas folhas que haviam restado nas árvores tremiam ao vento nebuloso. Logo atrás da estação de trem do subúrbio começava a floresta. Dos dois homens que lavavam a cabine telefônica, o de fora era branco e o de dentro, negro.

E se eu perder um instante assim, quer dizer que teria fracassado pelo dia inteiro? Esta maçã, arrancada do galho há pouco, sem um olhar sequer, em vez de colhida com cuidado, e: todas as correspondências anteriores entre o dia e mim se anulariam? Basta não ter sido receptivo com o olhar de uma criança, ter se esquivado do olhar de um mendigo, não ter feito face ao olhar desta mulher (ou deste bêbado, que seja) — e: ritmo interrompido, tombo para fora do dia? Impossível qualquer recomeço ainda hoje? Irrevogavelmente fracassado por este dia? Com a consequência de que a luz do dia não só venha a se reduzir, aos meus olhos, a uma luz qualquer como tantas, mas também, e daí a sua periculosidade, ameace degringolar da clareza da forma para o inferno da não-forma? De modo que, num dia desditoso como este, eu estivesse condenado, por exemplo, a ouvir aquele tilintar musical dos botões contra a madeira se repetindo agora, como se fosse um barulho? Ou, num momento de descuido, errar a mira ao tentar alcançar um copo "às cegas" e vê-lo se estilhaçar: será que isso significaria algo além do costumeiro desajeito, ou seja, a própria catástrofe — mesmo que aqueles à minha volta digam que não: a irrupção da morte no dia em curso? E teria eu que me considerar julgado como o mais pretensioso dos seres por querer, com a iniciativa do dia exitoso, me tornar como um deus? Pois a ideia de um dia assim — a de se deslocar de instante a instante mantendo-se à altura do dia e de continuar a narrá-lo luz a luz — só poderia ser coisa para alguém como aquele funesto Lúcifer? E assim o meu ensaio sobre o dia exitoso poderia, a qualquer momento, se reverter numa história de homicídio e assassinato, de massacre, depredação, devastação, extermínio e autodestruição?

Você está confundindo o dia exitoso com o perfeito. (Sobre este último vamos nos calar, assim como sobre seu respectivo deus.) Possível, sim, um dia tão imperfeito como jamais nenhum outro, ao término do qual você, sem querer, exclame, tácito: "Que êxito!" Cogitável, sim, um dia no qual tantos e tantos instantes tenham falhado, e você, mesmo dolorosamente ciente disso, à noite ainda venha contar a alguém, larga e longamente, sobre um *êxito dramático*.

E o livro que já na primeira linha, conforme você percebeu, teria içado as velas do dia e que logo depois você acabou esquecendo no trem: isso não precisa significar que a luta com o anjo do dia esteja perdida; mesmo que você nunca mais encontre o livro, pode ser que aquela leitura promissora prossiga de outra forma — talvez mais livre, de mãos livres. Para o êxito do dia, tudo também depende de como eu pese (outra palavra nem um pouco bonita esta, mas — para quem fica aqui quebrando a cabeça: "avalie"?, "pondere"?, "meça"? — nenhuma outra se revela mais oportuna) os desvios da linha, tanto os meus próprios quanto os oferecidos pelo Senhor Mundo. Aparentemente, o pressuposto para a expedição "Dia Exitoso" é uma certa complacência comigo mesmo, com a minha natureza, com as minhas incorrigibilidades e, mesmo nas mais favoráveis circunstâncias, a compreensão daquilo que está dado a cada dia: a perfídia do objeto, os maus-olhados, aquela palavra no momento errado (mesmo se pescada por uma única pessoa, quem quer que seja, na multidão). Então, nesta minha empreitada, tudo depende das diretrizes que eu estabeleça para mim mesmo. O quanto permito me desbaratar, quantas desatenções, quantas ausências de espírito eu me consinto? Qual o grau de incapacidade de apreensão e impaciência, a partir de qual chance novamente desperdiçada de fazer jus a alguma coisa, a partir de quantos gestos desastrados, frases da boca para fora ou ditas só por dizer (talvez nem sequer pronunciadas) — a partir de quantas manchetes de jornal, de quantos anúncios a assaltarem meu olho e meu ouvido, a partir de quantas pontadas, a partir de qual dor ainda restaria alguma abertura para aquela luminescência com a qual — analogamente ao verdejar e ao azular episódicos do capim e do céu, e também ao "acinzentar" ocasional de uma pedra — o "tornar-se dia" do dia em questão se espraiaria sobre mim e pelo espaço?

Sou rígido demais comigo, muito pouco sereno no meu infortúnio com as coisas, cheio de reivindicações para com a época, convicto demais da insignificância de hoje: sou sem medida para o êxito do dia. Sim, é como se, em face de mim mesmo, bem como das regularidades e dos incidentes diários, se requeresse uma ironia específica, ironia esta provinda da afeição, e no caso de haver algum humor, seria o chamado humor de cadafalso. Quem já viveu um dia exitoso?

O seu dia começou promissor. No batente da janela estavam alguns lápis em forma de lança, juntamente com um punhado de avelãs ovais. Até o número de ambas as coisas era de agrado. No sonho, uma criança deitada direto no chão de uma sala sóbria disse a este, que se debruçava sobre ela: "Você é um bom pai." Na rua o carteiro apitava, como toda manhã. A senhora da casa vizinha fechava mais uma vez a janela do sótão, e isso até o fim do dia. A areia sobre os caminhões em comboio rumo à nova área de zoneamento tinha o amarelo da areia volátil, da qual também consistiam as colinas da região. Ao deixar escorrer a água do oco da sua mão sobre o rosto, ele acabou atinando, através da água daqui do subúrbio, para a "água de Joanina, para lá dos montes Pindo", a "água de Bitola, na Macedônia", a água daquela manhã em Santander, onde a chuva parecia desabar, sendo que lá fora, ao ar livre, era como se ele atravessasse um tecido tênue, a ponto de sair quase seco da sua malha. Com o virar da página ainda no ouvido, ele escutou lá longe, atrás dos jardins, as batidas do trem de subúrbio desacelerando na estação e, entre os brados das gralhas e o balido da pega-rabuda, o som avulso do pardal. Ele jamais tinha visto, até levantar os olhos agora, aquela árvore desfolhada, avulsa, lá no alto, na borda da floresta da colina, através de cuja rede, cambiando assim ao vento, a claridade do platô transparecia até a casa aqui embaixo, enquanto a letra S bordada na toalha da mesa onde ele estava lendo compunha uma imagem junto com uma maçã e um cascalho sinuoso negro-liso. Ao levantar novamente os olhos — "tem tempo para o trabalho, eu tenho tempo, eu e ela, nós temos tempo" —, o dia chegava a vibrar agora, e ele percebeu ter pensado em silêncio, sem escolher as palavras: "Mundo santo!" Ele saiu e foi ao barracão preparar lenha para a lareira, que para ele combinava mais com um dia deste do que com a noite. Enquanto cortava o tronco espesso e resistente, a ferramenta emperrou, e quando ele começou — tirado assim do ritmo — a sacudi-la com violência, foi aí que ela entravou de vez; a única coisa que restava fazer era abrir mão, puxar a serra (foi mais um "arrancar") —

e recomeçar em outro ponto. O procedimento se repetiu: o entrave da lâmina no cerne da madeira, empurra para cá e sacode para lá, até quase não haver mais volta..., e então o rompante com que a lenha, mais rachada que cortada, caiu bem em cima do pé do aspirante a herói do dia, e então, após o fogo lançar as primeiras chamas e desabar junto com a lenha, que não se deixava mais atiçar e só fazia sibilar: amaldiçoar o santo dia com as mesmas expressões pelas quais o avô camponês antigamente se tornara conhecido no vilarejo, cala-boca-passarada, sol-vê-se-me-some-daqui. Posteriormente, bastava quebrar a ponta do lápis, e não só o dia, o futuro estava em jogo. E quando ele entendeu que era justamente por meio desses infortúnios que o dia podia ter se endireitado, já era outro dia fazia tempo. A tentativa vã de acender o fogo, se percebida com prudência — o dissipar e o enegrecer da brasa não tinham significado ao mesmo tempo um momento misterioso de companhia? —, teria lhe parecido uma corporificação de todas as vanidades não apenas pessoais, e ele, ciente disso, teria se detido com paciência. Do mesmo modo, a pancada do bloco de madeira nos dedos do seu pé não tinha sido somente uma dor. Mais alguma coisa o tinha tocado nesse mesmo ponto: algo como o focinho afável de um bicho. E de novo era uma imagem — uma imagem na qual todos os pedaços de lenha, desde seus primeiros passos de criança até o instante de agora, caíam em diferentes pontas de sapato, meias, pés infantis e adultos de tamanhos diversos, caíam, mais do que isso, rolavam, despencavam, dançavam, choviam: pois aquele outro toque era de uma brandura tão maravilhosa que, tivesse ele atentado por um momento, teria sido puro espanto. E de modo análogo, conforme ficou claro para ele com a distância depois, aquelas adversidades durante a serradura da lenha estavam contando uma parábola, ou fábula?, na íntegra, para o êxito do seu dia. Primeiro era preciso encontrar, com um breve tranco, o apoio para engatar os dentes da serra, a partir do qual se poderia então prosseguir. Depois, a serradura do tronco entrava no ritmo e, durante um tempo, tudo transcorria com leveza e dava prazer, e uma coisa decorria da outra: com a serragem que chispava das laterais, escrespavam-se as folhas minúsculas do buxo ao lado e a folhagem presa a ele crepitava em meio ao rangido de dentes da serra; os solavancos de um tonel de lixo eram acompanhados pelo ronco de um avião a jato lá no alto. Então, gradativamente, caso ele se mantivesse concentrado na coisa, fazia--se perceber de antemão que a serra logo entraria numa outra esfera da madeira. Isso significava que era hora de mudar de ritmo: desacelerar, mas (o perigo era este) sem parar, sem pular nenhum vaivém: mesmo com ritmo alternante, o movimento geral da serradura tinha que manter sua regularidade; caso contrário, de um jeito ou de outro, a ferramenta ficaria presa lá dentro. Tinha que ser puxada, se ainda possível, e recolocada, e segundo lhe ensinava a fábula, de preferência não no mesmo ponto, nem em outro próximo, mas em um totalmente novo, pois... Na segunda tentativa — mesmo que a mudança de esfera tivesse êxito e a serradura finalmente engatasse na metade inferior do tronco, onde as pontas já tinham desaparecido da vista deste serrador aqui entretido —, se ele estivesse com o pensamento em outro lugar, fazendo planos para a noite, ou se estivesse cortando, em vez da madeira, um adversário humano ao meio, algo ameaçava: ou uma haste do galho que não se tinha visto, ou (em geral, a uma polegada de distância do ponto onde o pedaço de madeira cortado até então cairia por si só no colo do serrador) aquela camada bem fina e tanto mais dura, na qual o aço bate contra pedra, prego e osso ao mesmo tempo e a empreitada acabaria por fracassar no último minuto do segundo tempo, por assim dizer; e breve, para o ouvido de terceiros, um cantar — que para o próprio serrador mais soaria como uma sinfonia de gatos — e ponto final. E, no entanto, ele já estivera por um triz, perto do ponto em que a serradura por si só —

o mero reunir-se com e estar-em-companhia da madeira ali, sua curvatura, seu aroma, seu padrão, nada além do diâmetro da matéria, juntamente com a imersão em suas peculiaridades e resistências — corporificaria para ele, de modo ideal, o sonho de uma época da fruição desinteressada. E, da mesma forma, o lápis com a ponta quebrada poderia ter... e assim por diante, e assim por diante dia adentro. Portanto, pensou ele depois, o que importava no ensaio sobre o dia exitoso era, nos respectivos momentos de infortúnio, de dor, de insucesso — de pane e de deslize — conduzir a presença de espírito para a outra variante deste momento e transformá-lo, tão somente por meio daquela conscientização capaz de libertar do acuamento, agora mesmo, num piscar de olhos, ou num refletir, de modo que o dia — como se desafiado ao "êxito" — ganhasse impulso e embalo.

Ao que tudo indica, o seu dia exitoso parece até um jogo de criança?

Sem resposta.

Chegou o meio-dia. A geada da noite já tinha derretido até nos cantos de sombra do jardim, e, à medida que a grama ia se erguendo de seu estado engelhado e encruado, era varrida por um leve sopro. Fez-se um silêncio como aquele que se tornara imagem enquanto ele caminhava pelo sol numa estrada livre ao meio-dia, com borboletas que surgiam do vazio de repente, em pares, em suas cores de vestimenta, pareciam se aproximar de costas e chegavam tão perto do caminhante — e nesses instantes, ele se via, de fato, como tal — que pensou até estar ouvindo, nas suas aurículas, o vibrar da articulação de suas asas, algo que ao mesmo tempo contagiou os seus passos. Pela primeira vez ele ouviu adentrarem a casa escassamente habitada, por trás dos sinos do meio-dia da igreja do subúrbio, também aqueles do lugarejo vizinho a oeste (que, algo comum aqui, começava do outro lado da rua, sem transição ou intervalo), e com um som corpóreo: convocação de todas as pessoas avulsas, dispersas nas múltiplas direções. De um sonho, retornou a imagem de montanhas desertas e pedregosas ao redor da Grande Paris, lá embaixo no fundo de uma caldeira, até onde repentinamente ecoavam — de dentro do crepúsculo mudo de todos os cumes e encostas à volta — os chamados ardentes dos muezins. Ele levantou sem querer os olhos da linha escrita onde se encontrava agora e acompanhou o gato lá fora através do jardim numa longa diagonal tortuosa, e então lhe cruzou a mente outro gato que uma vez já sinalizara o início da chuva quando a mais minúscula gota caiu sobre seu pelo, vindo a galopes do mais longínquo horizonte para se abrigar sob o beiral do telhado. Ele deixou o olhar circular e (já fazia isto havia semanas agora, dia a dia) contemplou a última fruta do jardim, uma pera maciça, ainda pendendo da árvore vazia, o peso da fruta por um instante perceptível na palma da mão; e para além da rua, no lugarejo vizinho, uma menina chinesa de cabelos pretos, com a mochila colorida da escola nos ombros, não se cansando de acariciar, através de uma cerca, o cão do Alasca de olhos azul-claros (mesmo sem ouvi-lo, o gemido dele na sua imaginação se tornou audível, e tanto mais duradouro); e olhando alguns graus adiante, no intervalo entre as casas, no ponto de fuga das ruas, o reflexo do sol relampejando por um momento sobre um trem que passava e iluminando o capim do aterro pela duração de uma palavra, "monossilábica"; sendo que dentro de um compartimento do trem tornou-se visível um assento vazio, rasgado a canivete e recosturado com um cuidado fabuloso, ponto-cruz a ponto-cruz através do plástico rijo, e dessa distância ele se sentiu levado até a mão que estirava a linha. E assim seus mortos vagavam rente à sua testa; ele os observava, assim como eles o observavam, ele ali sentado sem fazer nada, eles compreensivos, bem diferentes do tempo em que viveram. O que mais podia ser criado, descoberto, reconhecido, reencontrado em um dia? Vejam só: nada de rei da eternidade, nada de rei da vida (e, quando muito, somente um "secreto") —, mas o rei do dia, esse sim! Estranho apenas o fato de que, neste ponto, qualquer ninharia bastava para derrubá-lo de seu trono despótico. Em face do passante que, ao vir perambulando de uma rua adjacente, com o casaco sobre o braço, parou, tateou a bolsa e logo deu meia-volta, o seu ir-junto converteu-se em ficar-fora-de-si. Pare! Uma vez em êxtase, contudo, ele não conseguia mais voltar a si: ali, o bico amarelo do melro! E, no fim da aleia, a borda acastanhada da única malva ainda em flor! E a folha em queda, como que atada a um fio invisível, recuando e parecendo ascender ao sol de novo como um dragão em cores fosforescentes! E o horizonte enegrecido por um enxame de palavras tão monumentais quanto insignificantes! Pare, silêncio! (Para ele, êxtase significava pânico.) Mas fim de linha: não dava mais, coisa alguma — ler, olhar, ficar-junto-na-imagem, o dia. E agora? Repentina, após a procissão de formas e cores em saltos de êxtase, muito antes de chegar a noite, a morte traçou seu caminho através desse dia. Seu aguilhão, sim, irrompeu de súbito através do desvario. Haveria uma insensatez maior que a ideia do dia exitoso? Será que o ensaio sobre ele não deveria começar de um modo totalmente novo, com uma atitude completamente diferente, algo como humor de cadafalso? Não seria possível criar uma linha para o êxito do dia, uma labiríntica que fosse? E por acaso não quer dizer que esse sempre-começar-de-novo também seja uma possibilidade do ensaio, a sua possibilidade específica? O ensaio tem que ser. E se o dia (a coisa "dia") tiver se tornado meu inimigo mortal na época de agora, impossível de ser transformado em um companheiro profícuo de casa ou de caminhada, em um padrão luzente, em um aroma duradouro; e se a proposição "dia exitoso" for algo diabólico, coisa do demônio, um pandemônio, uma dança de véus com nada por trás, um fascinante malabarismo de língua após o qual logo se é devorado, uma seta a apontar o rumo da armadilha?: pode ser que seja isso, mas para mim, apesar de todos os fracassos que eu possa ter vivido com as tentativas de êxito do dia, é impensável, não posso *dizer*, nem agora, ainda não, que a ideia do dia exitoso seja loucura ou assombração, e portanto não pode ser esse o caso. O que eu posso dizer é que a ideia é uma ideia, sim, pois nunca li nada a respeito, nem a inventei; foi ela que me ocorreu, em um tempo de urgência, com aquele impulso que toda vez me foi verossímil, o da fantasia. A fantasia é a minha crença, e a ideia do dia exitoso foi moldada em seu instante incandescente;

e após cada um dos mil naufrágios que sofri com o dia, na manhã (ou tarde) seguinte, a ideia ainda luzia diante de mim, nova (assim como — num poema de Mörike — uma rosa "luzia diante"), e com a sua ajuda eu sempre consegui recomeçar; o êxito do dia tinha que ser esboçado, mesmo que no fim viesse a se revelar que esse fruto é oco ou seco: assim pelo menos se dispensaria, para todo o futuro, este vão empenho de amor — e será que o caminho então ficaria ainda mais livre para algo completamente diferente?

E ainda perdurava a experiência: a de que era justamente um nada no dia (onde nem sequer o jogo de luzes concorria, vento nenhum, nem o tempo atmosférico) que prometia a máxima plenitude. Não era nada, e de novo nada, e de novo nada. E o que fazia esse nada e de novo nada? Ele significava. Com nada a não ser o dia, era possível mais, muito, muito mais, para mim e para você. E é disso que se tratava aqui: do nada dos nossos dias, agora era hora de deixá-lo "frutificar", da manhã até a noitinha (ou a meia--noite?). E repito: A ideia era luz. Ideia é luz.

O breu de uma lagoa sem nome na floresta. As nuvens de neve sobre o horizonte da Île-de-France. O cheiro de lápis. A folha de ginkgo sobre um rochedo no jardim do "Cinema La Pagode". O tapete na janela mais alta da estação de Vélizy.

Uma escola, os óculos de uma criança, um livro, uma mão. Algo a brandir nas têmporas. Pela primeira vez neste inverno, o gelo quebrando forte sob as solas. No túnel sob a estação ferroviária, ele ganhou olhos para a matéria específica da luz. Ler de cócoras, perto da grama. Ao varrer as folhas, de repente uma lufada no nariz, como a essência do ano que terminava. O ruído do trem entrando na estação deveria se chamar "palpitação" (e não "batida"). E a última folha a cair através da árvore não "crepitou", mas sim "estalou". E um desconhecido trocou com ele um cumprimento involuntário. E a anciã voltava a puxar o seu carrinho de vime até a feira do subúrbio. E o usual não-saber-para-onde, por parte de um motorista de fora, neste lugar aqui afastado. E na floresta, então, o verdejar do caminho no qual antigamente ele costumava andar com o pai sempre que havia algo a se discutir, e que na língua dele tinha até um nome, *zelena pot*, ou seja, o Caminho Verde. E então, no bar próximo à igreja do subúrbio seguinte, um aposentado com a corrente do relógio do avô pendendo numa linha arqueada da barriga até o bolso da calça. E excepcionalmente ele ignorou o mau-olhado de um morador antigo. E a proverbial "gratidão pelo transtorno" (em vez de mau humor): excepcionalmente uma tal metamorfose. Por que, então, no meio de uma tarde prazerosa, o súbito medo do resto do dia, de nada mais que o dia? Como se não houvesse como atravessar as próximas horas ("o dia vai dar cabo de mim!"), como se não houvesse mais saída? A escada reclinada contra a árvore antes do inverno — e daí? O azular das flores contra o fundo de capim do aterro da ferrovia — e daí? Suspensão, consternação, sim, uma espécie de horror, e o silêncio sereno afugentado por mais e mais uma falta de palavras. O Éden incendeia. E contra isso, ou para o êxito do dia, mais uma vez se revela que não existe receita. "Oh, manhã!", a exclamação, ela não surte efeito. Fim da leitura, fim do dia? Fim do estar-na-palavra, fim do dia? E tal mudez também exclui qualquer prece, a não ser uma tão impossível como "Amanheça-me", "Alvoreça-me", "Recomece-me". Quem saberá dizer se certos suicídios enigmáticos não teriam sido, no fundo, justamente uma consequência da tentativa de êxito de um dia iniciado com ímpeto vigoroso e transcorrido ao longo da suposta linha ideal? Mas a minha não-sobrevivência ao dia, será que ela, por outro lado, não me diz mais alguma coisa? Que tenho uma ordem errada dentro de mim? Que não fui feito para o dia inteiro? Que não posso procurar a manhã no anoitecer? Ou posso?

E ele deixou que se iniciasse de novo. Como foi que transcorreu, de modo geral, aquele dia em que a ideia do dia exitoso se reavivou nele, na tangente do trem de subúrbio lá no alto, sobre a Grande Paris? O que se passou antes daquele abrasamento, o que veio depois? (*"Ausculta, o fili*, escuta, oh, filho", era o que dizia o anjo naquela igreja do lago Constança, onde o traço de calcário no cascalho preto havia delineado para ele a "*line of beauty and grace*" de Hogarth?) — O que precedera esse dia, recordava ele, fora uma noite de pesadelo, passada no colchão de uma casa, completamente vazia no mais, em um subúrbio ao sul de Paris. O sonho, ao que lhe parecia, consistia de nada mais que uma única imagem imóvel durante toda a noite, na qual ele, sob uma luz crepuscular estática e numa atmosfera sem som, se encontrava abandonado sobre um rochedo nu, na altura do céu, sozinho e pelo resto da vida. O que aconteceu foi único, e isso sem cessar, pulso a pulso, todo aquele abandono e, em plena imobilidade do planeta, uma tempestade febril ainda mais quente, no próprio coração. Mas com o despertar, afinal, era como se tal estado febril de toda uma noite tivesse incinerado de vez o desamparo, pelo menos por ora. Sobre o jardim meio seco, o céu azulava pela primeira vez havia muito tempo. Ele conseguiu escapar da vertigem com um passo de dança, a "dança do vertiginoso". Diante de seus olhos algo esverdeou: o cipreste junto ao muro do jardim. Sob o signo do luto e desse verde, ele iniciou o dia.

"O que seria de mim sem jardim?", pensou ele. "Nunca mais quero ficar sem jardim." E ainda havia uma dor no peito, um dragão que devorava ali. No mato aterrissavam pardais, novamente os pássaros do momento certo. Ele viu uma escada e quis subir. Na valeta flutuava o nível de bolha de um pedreiro, e adiante, na rua, a jovem carteira empurrava a bicicleta com a bolsa amarela em cima. Em vez de *propriété privée, défense d'entrer*, ele leu... *défense d'aimer*. Era quase meio-dia e, enquanto caminhava, ele deixou o silêncio do lugarejo soprar por entre os dedos abertos das suas mãos. Têmporas, vela inflada. Hoje ele ainda tinha que terminar um texto sobre tradução, e finalmente vinha agora a imagem para um fazer como esse: "O tradutor sentiu-se lentamente conduzido pelo cotovelo." Trabalho ou amor? Ao trabalho, para reencontrar o amor. No bar do norte-africano, o homem atrás do balcão começou a falar: "*O rage! O désespoir...*", e uma mulher, ao entrar, disse: "Hoje não está cheirando a cuscuz aqui, mas sim a ragu", a que o dono do local respondeu: "Não, não é ragu, foi o sol que voltou — *merci pour le soleil*." Dê-me o dia, dê-me ao dia. Após um longo trajeto de ônibus através dos subúrbios do sul e depois do oeste, e de uma caminhada através das florestas de Clamart e Meudon, já numa mesa ao ar livre, à margem de um pequeno lago na floresta: acabar de escrever seu rascunho sobre tradução, e com a última frase acabar renunciando a ela: "Não o olhar baixo, seguro, para o que existe, o livro, mas sim o olho no olho, para o incerto!" Era como se os morangos à beira do caminho se avermelhassem ao serem contemplados. "O vento o absorveu." Então lhe cruzou a mente o corvo que, no seu sonho do abandono, urrava "como uma bazuca". No pequeno lago da floresta seguinte, ele comeu um sanduíche no terraço do bar dos pescadores. Caía uma chuva muito fina, em forma de fuso, e era como se ele próprio estivesse feliz com a ocorrência. E então, no meio da tarde: justamente aquele trajeto de trem no alto, ao redor de Paris, primeiro para leste, depois em um arco para o norte e de volta para leste no mesmo arco — de modo que ele, em um único dia, quase circundou toda a cosmópole. E foi ali que a ideia do dia exitoso retornou, não, "retornou" não é a palavra certa, aqui deveria constar "metamorfoseou-se": e foi ali que a ideia do dia exitoso se metamorfoseou para ele, de uma ideia de vida em uma ideia de escrita. O coração, que ao mesmo tempo ainda doía da noite de pesadelo, se alargou como a vista aos pés dos "Altos do Sena" (onde se podia sentir o nome desse *département*). Ilusão? Não, o verdadeiro elemento da vida. E então? Agora, meio ano depois, antes do inverno, ele se recordava que — após uma luz clara demais — aquela luz de um "lance de olhos" em meio ao escuro do trecho subterrâneo perto de La Défense realmente lhe tinha sido bem-vinda. No saguão da Gare Saint-Lazare, que em francês se chama literalmente "sala dos passos perdidos", ele, esfuziante, se deixou trombar e atropelar pela multidão do fim da tarde — de fato, ele estava com uma sensação de fim de expediente. Na agência da American Express, perto da Ópera, providenciou tanto dinheiro quanto possível em espécie e para tal ficou esperando numa longa fila, com uma paciência tão rara que até lhe pareceu suspeita. Ele se espantou com o tamanho e com o vazio do banheiro da agência, olhando e reolhando à volta, como se até em um lugar desses houvesse algo a se descobrir. Como parte da multidão, ficou parado em frente à televisão de um bar na rue St. Denis, na qual estava passando um jogo de futebol da Copa do Mundo, e agora ele recordava o desconforto por realmente não ter conseguido evitar seus olhares oblíquos para as mulheres da rua, amontoadas até as profundezas dos vestíbulos e dos pátios dos edifícios — como se também fizesse parte de um dia como aquele a capacidade de ignorar. E então? Parecia que todo o resto tinha se apagado da sua consciência, com exceção de um momento tardio à noite, no qual ele, com uma criança no colo, estava sentado numa espécie de carteira de escola, emendando aqui e ali uma palavra no seu rascunho sobre tradução — na memória, uma imagem peculiar de estar fazendo malabarismo com as duas mãos —, até que, naquela hora da noite, em um restaurante com jardim, com você à frente, acabei desandando a contar, sem qualquer propósito, e isso acabou surtindo o efeito do mais brando abrir ou descerrar — de você, outra, comigo mesmo. Tanto naquele momento quanto agora, o dia ficou sendo designado por aquela enorme curva em S feita pelo trem, visível apenas de uma perspectiva aérea, mas sentida bem-dentro-aqui, como o mais belo dos meandros, paralelo àquele do Sena lá no fundo, só que bem mais sinuoso, reencontrado um mês depois no sulco da paleta de Hogarth, em um canto silencioso da Tate Gallery, e mais um mês depois no veio branco do cascalho à beira do lago Constança, em meio a um temporal de outono, o veio que neste instante agora aponta para a mesma direção que os lápis aqui na mesa: esse é o contorno que restou daquele dia. E sua cor é o claro-escuro. E o seu adjetivo, assim como o da ideia que ele me deu, é com toda razão: "fantástico"; e seu substantivo, sua palavra-substancial, após aquele abandono noturno na solidão: "com".

Então o dia em que você teve a ideia do ensaio sobre o dia exitoso foi ele mesmo esse dia exitoso?

Isso foi antes do verão, as andorinhas voavam "lá no alto!" sobre o jardim, eu partilhava com uma moça o desejo de delinear a aba sinuosa de um chapéu de palha, a festa de Pentecostes se animava sob o vento noturno do subúrbio, a cerejeira ao lado dos trilhos estava vermelha de frutas, o jardim de todo dia ganhou o nome de "jardim dos passos conquistados", e agora era inverno, conforme se revelara por exemplo ontem (a fim de que eu pudesse me certificar de novo) naquela reiterada curva do trajeto, junto à grade lateral da estrada de ferro, como o florescer cinza das touceiras de cipó-do-reino em frente à Torre Eiffel a imergir na névoa com sua filigrana, como o passar-em-disparada das cerejas-da-neve na altura das torres distantes de La Défense, como o deslizar dos trêmulos espinhos de acácia em meio ao branco nebuloso, apenas intuível, das cúpulas de Sacré-Cœur.

De novo: Aquele dia foi, portanto, um dia exitoso?

Sem resposta.

Acho que não. Sei disso por força da fantasia: afinal, o quanto mais poderia ser feito com o dia, com nada mais que o dia. E agora, na minha vida, na sua, na época de nós dois, é o momento dele. ("*We lost our momentum*", disse o capitão de um time de beisebol que estivera próximo de ganhar o jogo.) O dia está sob meu poder, corresponde ao meu tempo. Se agora eu não tentar isso com o dia, a longo prazo terei jogado fora a sua possibilidade, e cada vez mais reconheço, com uma crescente ira contra mim mesmo, como — com o avanço do tempo — mais e mais instantes dos meus dias me dizem algo e como cada vez menos e menos eu consigo apreender e, sobretudo, honrar alguma coisa neles. Estou, devo reiterar, indignado comigo, por ser incapaz de reter a luz da manhã no horizonte que acabou de me fazer levantar os olhos e vir à calma ("vir à calma" consta do missivista Paulo); o azul da urze sobre a mesa, no início da leitura ainda um sinal do plano central, algumas páginas adiante uma mera mancha difusa no nada e, com a chegada do crepúsculo, a forma silenciosa do melro no arbusto do jardim, ainda há pouco "o contorno da ilha noturna após um dia em mar aberto", já um tique de relógio depois, nada mais — insignificante, esquecida, traída. Sim, isso mesmo: com o passar dos anos — quanto mais ricos os instantes me parecem, mais impetuoso é o meu grito para os céus — eu me vejo como um traidor do meu dia, dia a dia. Esquecido do dia, esquecido do mundo. Toda vez eu me proponho a me manter fiel, junto com o dia, com a ajuda daqueles instantes, com eles me dando uma mão — *maintenant*, dando as mãos, esta é a palavra que você usa para "agora" —, querendo apreendê-los, considerá-los, retê-los e, diariamente, basta eu me afastar para eles literalmente me escaparem, como uma punição por eu tê-los renegado, algo que já se consuma quando me afasto deles. Cada vez menos desses mais e mais numerosos e significativos momentos do dia acabam, sim, esta é a expressão, *frutificando* para mim. O momento das vozes de crianças hoje de manhã no desfiladeiro: ele não frutificou nada, não continua surtindo efeito agora à tarde, enquanto as nuvens de neve seguem para dentro do continente — apesar de terem sido essas mesmas vozes a me fazerem a floresta de inverno parecer "rejuvenescida"... Terá passado, portanto, o tempo do meu ensaio sobre o dia exitoso? Perdi o momento? Será que, para isso, eu teria que ter "levantado mais cedo"? E corresponderia mais à ideia de um dia assim — em vez de um ensaio — a forma dos salmos, uma súplica vã de antemão? Dia, frutifique-me algo, mais, tudo em você. Frutifique-me o tique das lanças de acácia em seu cair-pelos-ares, o funcionário canhoto no guichê que, imerso em seu livro, me deixou esperando mais uma vez pelo bilhete, o sol na maçaneta da porta — frutifique-me. Eu me tornei inimigo de mim mesmo, destrua-me a luz do dia; destrua-me o amor; destrua-me o livro. E, entretanto, quanto mais meus momentos isolados soam a puras vogais — "vogal", som-por-si: mais um termo para um instante assim —, mais raramente consigo encontrar a consoante com a qual ela ressoaria para mim ao longo do dia. A luminescência no fim do caminho de areia para o lago sem nome: Ah! — e logo depois ofuscada, como se nunca tivesse existido. Divino, ou você, "mais que eu", que outrora falou "através dos profetas" e depois "através do filho", você também fala no presente, através do dia e só? E aquilo que fala através do dia e, acredito, não, sei que por força da fantasia começa a falar de novo a cada momento, por que é que eu não consigo reter, apreender, transmitir? "O que é, e o que foi, e o que será": por que não é possível dizer isso, que antigamente se dizia de "deus", sobre o meu dia de hoje?

No dia exitoso — ensaio de uma crônica do mesmo — havia gotículas de orvalho na pena de um corvo. Como de costume, uma senhora de idade, embora uma diferente da de ontem, estava na banca de jornal, com as compras já feitas havia tempo, e proseava. A escada no jardim, corporificação do dever-subir-para-fora-de-si, tinha sete degraus. A areia sobre os caminhões do subúrbio revelava a cor da fachada de St.-Germain-des-Prés. O queixo de uma jovem leitora tocava o seu pescoço. Um balde de latão assumia a sua forma. Uma caixa de correio amarelava. A mulher da feira escrevia sua conta na palma da mão. No dia exitoso, acontece de uma ponta de cigarro rolar na sarjeta, de uma xícara estar soltando fumaça sobre um toco de árvore, de um dos bancos da igreja sombria ficar claro de sol. Acontece de alguns homens no café, até mesmo o gritalhão, silenciarem juntos por um longo instante, e de um forasteiro silenciar com eles. Acontece de o ouvido aguçado para o meu trabalho acabar se abrindo também para os ruídos da vizinhança. Acontece de este seu olho estar menor do que o outro, de um melro saltar sobre um arbusto da floresta, de o galho mais baixo se levantar e me fazer pensar na palavra "sobrevento". Acontece, por fim, até de não acontecer nada. No dia exitoso, algo que se faz de costume deixará de ser feito, uma opinião desaparecerá, eu serei surpreendido por ele, por você, por mim mesmo. E, além do "com", um segundo "substantivo" também vai governar: o "e". Descobrirei em casa um canto ignorado até então, onde "dá para morar, sim!". Ao entrar numa travessa, "Onde estou? Nunca estive aqui!" será um momento inaudito, assim como diante dos vãos claros-escuros de uma sebe se instalará o sentimento pioneiro de "mundo novo!" e, seguindo um pouco mais adiante no caminho corriqueiro, virá — ao se olhar para trás — a exclamação "Eu nunca tinha visto isto antes!" O seu sossego, como às vezes o de uma criança, será ao mesmo tempo um espanto. No dia exitoso, eu terei sido simplesmente um meio para ele, terei apenas seguido junto com o dia, me deixado iluminar pelo sol, soprar pelo vento, chuviscar pela chuva; meu verbo terá sido "deixar acontecer". O seu mundo interior terá se tornado tão diverso como o exterior teria se tornado ao longo do dia, e ao final do dia você terá traduzido o epíteto de Odisseu, "o-que-tanto-andou-à-toa", nesse "diverso" e, de tanta diversidade, terá havido uma dança dentro de você. No dia exitoso, o herói teria conseguido "rir" dos seus infortúnios (ou pelo menos começado a rir a partir do terceiro). Ele teria estado na companhia das formas — mesmo que só das múltiplas folhas no chão. Seu dia-eu teria se aberto em um dia-mundo. Cada lugar teria tido seu instante, e disso tudo ele teria conseguido dizer: "É isso." Ele teria chegado a um acordo com a sua mortalidade ("a morte não teria estragado o jogo nenhuma vez no dia"). O seu adjetivo, a-palavra-que-lança-ao-lado, teria sido um constante "em face", em face de você, em face de uma rosa, em face do asfalto, e a matéria, ou "materialidade"?, teria clamado por criação, mais uma vez e mais uma vez. Ele teria ficado feliz de fazer e alegre de deixar de fazer e, no meio-tempo, um fardo nas costas lhe teria suprido de calor. Pelo instante, por um "lance de olhos", pela duração de uma palavra, ele teria se tornado você de repente. E, ao anoitecer, o dia teria gritado por um livro — mais do que uma mera crônica: "Fábula do dia exitoso". E, bem no fim, ainda teria chegado o glorioso esquecimento de que o dia tem que ter êxito.

Você já viveu um dia exitoso?

Todo mundo que eu conheço já viveu um, em regra muitos até. Para uma pessoa, basta que o dia não lhe tenha parecido longo demais. A outra disse algo como: "Ficar em cima da ponte, o céu sobre mim. Ter dado risada com as crianças de manhã, ficar olhando. Nada de especial, olhar faz feliz." E, para a terceira, a rua do subúrbio pela qual ela acabara de passar — com as gotas de chuva ali fora pendendo da enorme chave da serralheria, com o fervilhar dos bambus em um jardim, com a tríade de cascas de tangerina, uva e batata ali fora no batente da cozinha, com o táxi novamente estacionado na frente da casa do *chauffeur* — já significava um "dia exitoso" assim. Para aquele padre cuja palavra mais frequente era "desejo", o dia poderia ser considerado exitoso no momento em que ele ouvisse uma voz amiga. E depois de uma hora em que nada tivesse ocorrido, a não ser um pássaro se virar no galho, uma bola branca acontecer de estar caída no mato e os alunos da escola estarem sentados na calçada tomando sol — não é que ele próprio toda vez voltava a pensar involuntariamente: "Isso já valeu o dia todo"? E à noite, quando ele evocava as lembranças do dia — sim, era uma espécie de evocação —, já não lhe acontecera muitas vezes de lhe virem à mente nomes de coisas ou lugares que, em regra, tinham durado apenas um instante?: "Este foi o dia em que o homem com o carrinho de bebê fez a curva no meio de um monte de folhas", "este foi o dia em que as cédulas de dinheiro do jardineiro estavam misturadas com capim e folhas", "este foi o dia do café vazio, onde a luz variava toda vez que o ar condicionado recomeçava a roncar"? Por que, então, não se dar por satisfeito com uma única hora exitosa? Por que simplesmente não declarar o instante como dia?

O poema de Ungaretti "Me ilumino/ De imenso" é intitulado "Manhã": será que os dois versos também poderiam falar da "tarde"? Será que o instante realmente pleno ou a hora realmente plena conseguiram fazer você, no final das contas, deixar de se colocar a eterna pergunta:

se você teria fracassado com mais este dia? Impossível ensaio sobre o dia exitoso — por que não nos contentamos com aquele "não completamente desditoso"? E se o seu dia exitoso existisse, será que a fantasia — por mais rico e maravilhoso que o dia vibrasse dentro dela — não seria acompanhada pelo estranho medo de uma espécie de planeta desconhecido, enquanto o seu dia usualmente não exitoso lhe parecia parte do planeta Terra, uma espécie de terra natal, por mais odiada que fosse? Como se aqui não houvesse nada a ter êxito; e caso houvesse, na graça? na mercê? na graça *e* na mercê? de novo: será que hoje isso não seria indevido, desmerecido, e talvez até ocorresse às custas de um outro? Por que me vem à mente agora, ao falar do "dia exitoso", meu avô moribundo, o avô que — nos seus últimos dias — só fazia arranhar a parede do quarto com os dedos, a cada hora mais fundo? Ter êxito uma vez, em meio a constantes perdas e fracasso generalizado, o que é que isso conta?

Nada? Não.

O dia do qual posso dizer que foi "um dia", e o dia no qual eu somente perdurei. Na madrugada-dos-corvos. Como é que as pessoas deram conta até agora, deram conta dos seus dias? Por que será que, nas narrativas antigas, muitas vezes não se diz "tantos dias se passaram", mas sim "tantos dias se preencheram"? Traidor do dia: o meu próprio coração — é ele que me escorraça do dia, palpita, me expulsa a marteladas, caçador e caça em um. Calma! Chega de pensamentos furtivos. A folhagem nos sapatos de jardim. Pular fora do moinho do pensamento, calar-se. Agachar-se debaixo da macieira, sentar de cócoras. O leitor de cócoras. À altura do joelho, as coisas acabam compondo um entorno para ele. E ele se prepara para o ferimento de cada dia. Estirar os dedos dos pés. "Os sete dias do jardim": assim deveria se intitular a continuação não escrita de *Dom Quixote*. Estar no jardim, estar na Terra. O ritmo da rotação terrestre é inconstante, de modo que a duração dos dias varia, dependendo sobretudo da resistência contra os ventos nas cordilheiras. O êxito do dia e o deixar acontecer; e o deixar acontecer como um fazer: ele deixou a névoa passar diante da janela, ele deixou o vento soprar sobre o gramado atrás da casa. Aquele deixar-se-iluminar-pelo-sol também era uma atividade: agora deixo aquecer a minha testa, agora os olhos, agora os joelhos — e então o momento do calor de um bicho-de-pelo entre as escápulas! Cabeça de girassol, que só faz seguir a luz do dia. Compare o dia exitoso ao dia de Jó. Em vez de "honrar o instante" seria melhor dizer "abraçar". O decorrer do dia, justamente com seus apertos, quando tornado consciente (já não seria isso uma espécie de metamorfose?), poderia indicar para mim, como nenhuma outra coisa, *como sou*! Deter-se em seu eterno desassossego, e durante a fuga alcançar o sossego. Tendo alcançado o sossego durante a fuga, passar a ouvir. Ao ouvir estou à altura. Sim, "alto no ouvido", o zunido do pardal atravessa o rumor. Quando uma folha encontra a longínqua linha do horizonte, sem qualquer som, ouço tocar dentro de mim. Auscultar: como o arrombador fica auscultando o cadeado, manipulando seu fio, até abri-lo. O salto tríplice do melro sobre a sebe, desalentado pelo voo, está me ciciando uma melodia agora. Assim como havia quem começasse a ciciar enquanto lia um livro. (De um leitor de jornal só daria para se imaginar, no máximo, um assobio através dos dentes.) "Vocês se tornaram inertes de ouvido", trovejava Paulo com afinco em uma carta à comunidade, e em outra: "É preciso evitar as discussões de palavras: elas não servem para nada, a não ser para a perdição dos que ouvem!" O som puro: quem me dera conseguir, uma vez sequer, o som puro durante todo um dia! Mais que o ouvir, algo a se abraçar talvez seja a pura presença, assim como se disse da última mulher de Picasso, por exemplo, que ela não fazia nada, a não ser estar "presente" em seu ateliê. Dia exitoso, dia pesado! Ao varrer as folhas do jardim, de repente ver emergir, de dentro da torrente de folhas marrons, a luz amarelo-chama-de-vela de um ranúnculo. Escurecer das cores, clarear da forma. No canto de sombra coberto pela geada ainda rígida, eu me ouço andar agora como antigamente sobre o junco. Ao levantar os olhos, o céu se abaula. O que quer dizer "nuvem de neve"? Plenitude branca com um tom de azul dentro. Na palma da mão, as avelãs estalam umas nas outras, três. Em grego existiu no passado uma palavra para "eu sou" que não passava de um O longo, uma palavra que se encontra, por exemplo, na frase "Enquanto estou no mundo, sou a luz do mundo." E a palavra para isso que acabou de transpassar o cipreste é "onda de luz". Olhar e continuar olhando com os olhos da palavra certa. E começou a nevar. Está nevando! *Il neige!* Silêncio. Silenciou. Silenciou sob o signo dos mortos. Em vez de "ele (ela) abençoou as coisas temporais", como expressão para "morrer", antes se deveria dizer: "Ele, ela, os mortos me abençoam as coisas temporais, desde que eu lhes permita!" E ao mesmo tempo o querer-balbuciar: ele queria balbuciar. Nos subúrbios, tudo é tão "avulso" (palavra de um caminhante do subúrbio). O lixeiro em pé, numa perna só, atrás do caminhão. As podas regulares nas ruas tinham o nome de "alentecedores". Talvez o intervalo de um dia não indicasse nenhum padrão mais abrangente, sendo apenas um padrão para si mesmo — que fazia feliz! Na hora do almoço, desço da cumeeira do telhado pelas ripas, junto com o telhador. Será que eu não deveria ter passado, pelo menos uma vez, o dia inteiro em casa, sem fazer nada, a não ser morar? O êxito do dia apenas pelo morar? Morar: sentar, ler, levantar os olhos, ostentar a inutilidade? O que você fez hoje? Hoje eu ouvi. Ouviu o quê? Oh, a casa. Ah, sob a tenda do livro. E por que sair de casa agora, se você, com o livro, estava no lugar? Para abraçar o lido, ao ar livre. E veja o canto da casa chamado "partida": uma mala pequena, um dicionário, os sapatos. De novo o soar dos sinos na torre da igreja do vilarejo: o seu tom corresponde exatamente ao meio-dia agora e, na escotilha sombria, o que dá para ver dos sinos é um chispar, como os raios da roda de uma bicicleta. No centro do globo terrestre, às vezes ocorrem tremores denominados "lentos", sob efeito dos quais o planeta continua então, como se costuma dizer, ressoando; o "movimento de sino", o soar da Terra. As silhuetas de um homem e de uma criança com a bolsa da escola oscilam juntas na passagem subterrânea da estação de trem, como se um homem estivesse montando um burro. Um outro dizer de

Goethe: a vida é curta, mas o dia é longo; e não havia também uma canção de Marilyn Monroe, na qual ela cantava: "*One day too long, one life too short...*", mas também: "*Morning becomes evening under my body*"? A rápida elipse que as últimas folhas de plátano descrevem ao cair: agora é isso que deve indicar o curvar-se da minha tentativa de dia exitoso — abreviatura! Na verdade, a "*line of beauty*" de Hogarth não está sulcada na paleta, mas sim estendida como uma corda sinuosa ou como a tira de um chicote. O dia exitoso e a concisão. (E, paralelamente, querer adiar o fim — como se eu, justo eu, pudesse a cada dia aprender mais com o ensaio.) O dia exitoso e a espera animada. O dia exitoso e o perder-se desbravador. Natureza morta, ou "vida silente", da manhã — vai-e-vem da tarde: apenas uma lei ilusória? Não se deixe governar por essas leis ilusórias de cada dia! E mais uma vez Paulo: para ele, "o dia" é o dia do Juízo Final — e para você? O dia da medida; ele não vai julgar você, mas sim medir; você é o seu povo. Quem está falando com quem agora? Estou falando comigo. O vespertino silêncio-de-corvos. O correr das crianças, ainda, sob o vento. E ainda, no alto, ali, as bolas de plátano balançam para você: "o coração está junto" (do francês). E em meio ao rumor, este agora da brenha seca do carvalho, sempre e ainda, eu me torno você. O que seria de nós sem o rumor? E qual palavra faz jus a ele? O sim (sem som). Fique aqui com a gente, rumor. Ir com o dia — falar com o dia de igual para igual (homologia). O que aconteceu com aquele dia na curva do alto, sobre Paris inteira, entre St. Cloud e Suresnes, perto da estação Val d'Or? Ele entrou em suspenso. O brilho claro-escuro naquela ocasião, quando a andorinha virou no céu ensolarado, e o momento do azul-branco-preto agora: a pega-rabuda e o céu de inverno. A linha em S novamente, há alguns dias, no ombro, na nuca, na cabeça de João Evangelista na Última Ceia sobre as portas de St.-Germain-des-Prés, ele ali deitado com todo o torso sobre a mesa, ao lado do seu Senhor Jesus — dele também, assim como de todas as figuras de pedra, a Revolução decepou o rosto. O dia exitoso e o glorioso esquecimento da História: em vez disso, o padrão losangular, infinito, dos olhos humanos, nas ruas, nos corredores do metrô, nos trens. O acinzentar do asfalto. O azular do céu noturno. O tremer do meu dia, isso é o que perdura? Deixe a pegada do seu pé na neve da plataforma ao lado do rastro do pássaro. Mais uma vez um dia pesado entrou em suspenso, quando uma única gota de chuva me acertou o ouvido mais interno. A escova de sapatos sobre a escada de madeira ao pôr do sol. Uma criança que escreve o seu nome pela primeira vez. Andar até a primeira estrela. Não, Van Morrison não fala de "pescar" nas montanhas em sua canção, mas — "*out all day*" — de observar pássaros. Ele deixa sua língua cantar e, mal começa, sua canção já chega ao fim. O momento do carro do serviço florestal, respingado de lama, na sequência de outros limpos. É rangendo que se abrem as portas da floresta. Porta giratória do dia exitoso: coisas e pessoas luzindo ali dentro como *seres*. O dia exitoso e o querer-partilhá-lo. O contínuo, selvagem querer-fazer-jus. Oh, dia pesado! Exitoso? Ou "salvo"? De súbito, já no breu, um repente de felicidade por prosseguir caminhando. E uma palavra modificada — correção de palavra que corresponde ao dia: "repente" em vez do costumeiro "tranco". Deter-se durante o caminhar noturno: o caminho se clareia — desta vez você pode dizer "meu" caminho —, e dar-se conta da furtividade, "veja, ela vem com as nuvens", vem com o vento. Som tríplice da coruja-do-mato. Momento azul do barco neste lago da floresta, momento negro do barco no próximo. Pela primeira vez neste subúrbio atrás dos Altos do Sena, pois estes barram as luzes de Paris, aperceber-se de Órion virado para cima na noite de inverno, e, mais abaixo, os pilares paralelos das chaminés, e, mais abaixo, cinco em número, os degraus de pedra que dão para uma porta no muro, e Ingrid Bergman, em *Stromboli*, que — após uma noite quase fatal sobre a encosta negro-roladiça do vulcão — volta a si ao nascer do sol e se torna puro espanto diante da existência: "Que lindo! Que beleza!" No ônibus noturno 171 para Versalhes, um único passageiro, em pé. A cabine telefônica incendiada. A colisão de dois carros na Pointe de Chaville: de um deles salta uma pessoa com uma pistola. As luzes ofuscantes das televisões nas fachadas da Avenue Roger Salengro, onde a numeração passa de 2000. As trovoadas dos bombardeiros decolando no aeroporto militar de Villacoublay, diretamente atrás da floresta da colina, intensificando-se dia a dia, com a guerra que se aproxima.

— E agora, no final, você perdeu totalmente o fio — e a linha. De volta para o livro, para a escrita, para a leitura. Para os textos primordiais, nos quais se diz, por exemplo: "Deixe soar a palavra, esteja com ela — seja o momento oportuno ou inoportuno." Você já viveu um dia exitoso? Com o qual o instante exitoso, a vida exitosa, talvez até a eternidade exitosa convergiriam de uma vez por todas?

— Nunca, é claro.

— É claro?

— E se eu tivesse vivido algo parecido, minimamente que fosse, imagino que na noite seguinte eu deveria temer não apenas um pesadelo, mas o suor de morte.

— Então o seu dia exitoso não é sequer uma ideia, só sonho?

— Sim. Com a diferença de que eu não o *tive*, mas sim o *fiz* neste ensaio aqui. Veja a borracha, como ficou pequena e preta, veja o monte de madeira de lápis debaixo da janela. De dizer em dizer, no vazio, por nada e mais nada, para um terceiro, inapreensível, sem que nós dois tenhamos nos perdido, contudo. Em suas cartas, não as destinadas às comunidades, mas a pessoas avulsas, seus ajudantes, Paulo, então preso em Roma, escreve sobre o inverno: "E se apresse para chegar antes do inverno, caro Timóteo. Traga, quando vier, o manto que eu deixei em Trôade, na casa de Carpo."

— E onde foi parar o manto agora? Abandone o sonho. Veja a neve caindo ao largo do ninho vazio. Rumo à metamorfose.

— Para o próximo sonho?

OBRAS DE PETER HANDKE EDITADAS PELA
EDITORA ESTAÇÃO LIBERDADE:

Don Juan (narrado por ele mesmo) (2007)

A perda da imagem ou Através da Sierra de Gredos (2009)

Ensaio sobre a jukebox (2019)

Ensaio sobre o louco por cogumelos (2019)

ESTE LIVRO FOI COMPOSTO EM SIMONCINI GARAMOND CORPO 11,6 POR 18
E IMPRESSO SOBRE PAPEL AVENA 90 g/m² NAS OFICINAS DA RETTEC ARTES
GRÁFICAS E EDITORA, SÃO PAULO – SP, EM OUTUBRO DE 2020